아직도 사랑할 게
너무 많아서

아직도 사랑할 게
너무 많아서

초판 1쇄 인쇄일 2017년 2월 1일
초판 1쇄 발행일 2017년 2월 10일

지은이 전상훈
펴낸이 양옥매
디자인 남다희
교 정 조준경

펴낸곳 도서출판 책과나무
출판등록 제2012-000376
주소 서울특별시 마포구 방울내로 79 이노빌딩 302호
대표전화 02.372.1537 **팩스** 02.372.1538
이메일 booknamu2007@naver.com
홈페이지 www.booknamu.com
ISBN 979-11-5776-384-9(03810)

이 도서의 국립중앙도서관 출판시도서목록(CIP)은 서지정보유통지원 시스템 홈페이지(http://seoji.nl.go.kr)와 국가자료공동목록시스템 (http://www.nl.go.kr/kolisnet)에서 이용하실 수 있습니다.
(CIP제어번호 : CIP2017002536)

아직도 사랑할 게 너무 많아서

전상훈 시집

책과나무

– 자서自序 –

첫 시집 『사는데 무슨 말이』를 1996년에 발간했으니 벌써 스무 해가 훌쩍 넘었다. 그 적지 않은 세월 동안 나는 무엇을 이루고 살았을까 생각해 보니 만감이 교차한다. 자식 둘 낳아 사람으로 키우느라, 살림 아끼고 늘려서 집 한 칸 마련하느라, 남에게 뒤지는 인생은 죽기보다 싫어서 밤잠 설치느라, 이런저런 주어진 소임 따라서 책임의 무게 다하느라 발 동동 구르며 아등바등했던 내 청춘의 푸른 시간들.

오는 백발 막대로 치렸더니 백발이 제 먼저 알고 지름길로 오더라는 우탁의 시조가 남의 얘기가 아닌 지금 나는 공직 생활 38년을 마감하는 정년의 자리에 서 있다. 돌아보면, 짧지도 않지만 그렇다고 길지도 않은 인생에서 사랑할 것들은 왜 그리 많아 내 가슴을 뛰게 하고 졸이게 하던지, 집착할 것들은 또 왜 그리 많아 웃게 하고 울게 하던지. 다하지 못한 것들에 대한 회한은 왜 그리 깊은 상처 되어 오래오래 아프게 하던지.

사랑이라는 이름으로 욕심을 앞세웠던 자식들에 대한 부끄러움과 연민, 삼십 년을 함께 살았건만 한없이 무심해서 많이많이 외로웠을 아내에 대한 미안함과 고마움, 생전에 불효했기에 시간이 흐를수록 더 그립고 보고픈 어머니, 깊게 들여다볼수록 감탄과 경이로밖에 설명되지 않는 자연과 생명의 신비로움, 뛰어나게 훌륭한 교사는 아니더라도 제자들 앞에 최소한 부끄러운 스승이 되지는 말자고 스스로 내리치던 자성의 채찍들…. 그 복잡다단하면서도 오색찬란한 상념과 번뇌의 소용돌이가 없었더라면 이 시집의 작품들은 존재하지도 않았을 것이다.

'내 속에 내가 너무 많아'서 어떤 내가 진정한 나인지도 모른 채 무명의 어둠에 갇혀 청맹과니처럼 살아온 순간순간들이 주마등처럼 지나간다. 더 큰 꿈을 품고 더 뜨겁고 치열하게 살았어야 하는데 그러지 못한 아쉬움에 왜 아니 후회가 없겠는가마는, 그래도 이렇게 내 가슴에 몇 편의 시가 남고, 애틋한 추억이 남고, 크고 작은 사랑과 미움으로 얽혀진 소중한 인연들이 남아, 그 무엇과도 바꿀 수 없는 자긍과 보람의 탑으로 우뚝 섰거늘 내 인생의 대차대조표는 분명 '남는 장사' 아니었을까.

사방에 고마운 것들이 참 많다. 나를 가르쳐 준 세상이 고맙고, 바른 길로 이끌어 주고 힘들 때 다독여 준 주변과 이웃들이 고맙고, 고락을 함께 나눈 학교의 교육 동지들이 고맙고, 청출어람의 수많은 제자들이 또 고맙다. 아버지로 존경하고 믿어 준 착한 자식들과 남편으로 받들어 헌신해 준 이쁜 아내는 눈물이 나도록 더더욱 고맙다.

죽는 날까지 두고두고 갚아야 할 사랑과 은혜의 빚이 너무 많아서 더없이 행복한 지금, 나를 아는 모든 분들께 머리 숙여 감사드리며 이 시집을 두 손 모아 바친다.

2017년 2월

전 상 훈

– 목차 –

자서自序 • 4

1부 _거기엔 다 이유가 있다

시시포스Sisyphus처럼 • 14
마당을 쓸며 • 16
점심시간 • 18
돌아보니 • 20
선암사仙巖寺의 밤 • 22
조문弔問 길 • 24
해맞이 남원식당 할머니 • 26
어림도 없지 • 29
오늘 • 30
흐르는 대로 • 32
대원사大原寺 • 34
낮달 • 36
행운유수行雲流水 • 38
거기엔 다 이유가 있다 • 40
백양사 스님들은 • 42
주름등 두 개 • 44
가화假花의 충고 • 46
운주사雲住寺 • 48

한때의 사랑 • 50
후회 • 52
월정사月精寺의 밤 • 54
저 여름 산 풀잎처럼 내가 살아서 • 56
조물주의 뜻 • 58
천치재 넘는 길 • 60

2부 _이 아름다운 봄날엔

금강산 • 64
용천사 꽃무릇 • 66
갈치 • 69
토성土星의 충고 • 70
봄길 • 72
백두산 • 74
꽃 1 • 77
바위의 꿈 • 78
덕유산 • 80
난蘭 • 82
이 아름다운 봄날엔 • 84
나의 사랑, 광주여 • 86
철쭉꽃 • 88
봄의 숙제 • 90
덩굴장미 • 92
지리산의 봄 • 94

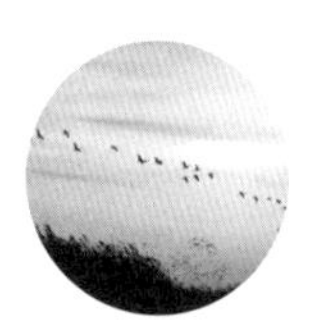

신록 앞에서 • 96
산수유 • 98
꽃 2 • 100
낙엽 • 101
절정 • 102
서석대 조찬朝餐 • 104
가을 무등산 • 106
첫눈을 바라보며 • 108

3부 _내 마음의 꽃밭

자식子息 • 112
아버지 귀한 말씀 • 114
인형 같은 그녀 • 117
울 엄니 6 • 118
멀고 먼 수미산須彌山 • 120
저 이쁜 새끼들 • 123
유언 이대二代 • 124
부정父情 • 126
분리 • 128
아내에게 • 130
컴퓨터 운세 • 132
어버이날에 • 134
수박 한 덩이 • 136
울 엄니 7 • 138

서정이의 편지 • 140
내 사랑 내 곁에 • 142
풀어 주는 사랑 • 144
어떤 행복 • 146
내 마음의 꽃밭 • 148

4부 _나에게로 가는 길

시詩 • 152
내가 그렇게 못 사는 이유 • 153
나는 누구인가 • 154
아직도 사랑할 게 너무 많아서 • 156
지렁이 • 158
눈물 • 160
지천명 길목에서 • 162
나목裸木의 기도 • 164
배움의 길 • 166
슬픔은 • 168
청춘의 무덤 앞에서 • 170
내 생의 푸른 강江 • 172
오산誤算 • 174
두 얼굴로 살지 못해도 • 176
불혹不惑 일기 • 178
가을의 기도 • 180
바람일 수 있다면 • 182

나는 전사다 • 184
스승의 날 꽃 한 송이 • 186
노안老眼 • 188
욕망이라는 이름의 전차 • 190
점수 인생 • 192
내 생의 마지막 사흘 • 194
나에게로 가는 길 • 196

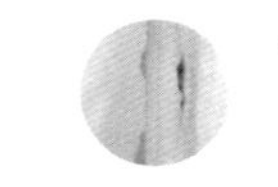

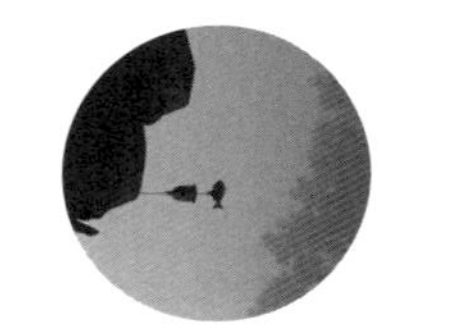

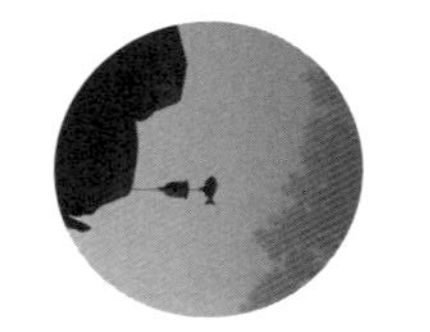

1부 거기엔 다 이유가 있다

시시포스Sisyphus처럼

멀다고
생각 마라
험하다 불평 마라

가시밭
우리 생生
편한 적 있었더냐

아무리 힘들어도
오르고
또 오르다 보면

산허리
어드메쯤
반기는 꽃도 있고

꿈꾸어 온
풍광風光 하나
바다인 듯 펼쳐지리니

굴러 떨어져도
다시 산정山頂에 오르는
시시포스처럼

오늘도
가파른 인생 고개
웃으며 넘자

마당을 쓸며

화순 유마사 법회에 갔다가
보살님 도와드린답시고
손에 잡은 빗자루

싸악 싹
싸악 싹

쓸다 보니
이런저런 낙엽들만 쓸리는 것이 아니라
세사世事에 시달린
내 마음의 때도 씻기는데

툭 툭
투두둑

정수리에 떨어지는
은행 알 몇 개

쓸데없는 번뇌 망상
다 내려놓고
바람처럼 살라며 죽비를 친다

점심시간

한낮의 학교 점심시간은
시들어가던 아이들이 팔팔하게 살아나는
천금 같은 부활의 시간
물 만난 고기처럼

종 치자마자
감옥의 문을 열고 나오듯 교실에서 뛰쳐나와
길게 늘어선 줄 따라 차례 기다리노라면
머리 위로 내리비추는
금빛 햇살의 세례

세상의 어느 꽃이 저보다 아름다우랴
젊다는 것
꿈이 있다는 것만으로
머리끝에서 발끝까지 이쁜 아이들

공부를 잘하건 못하건
부잣집 자식이건 가난한 집 자식이건
때가 되면 어김없이 배가 고파 오고
먹지 않고서는 그 누구도 살 수 없다는
진리 각성의 시간

게 눈 감추듯
뚝딱 비워내는 밥 한 그릇에
생의 의욕 분수처럼
다시 솟거늘

얘기꽃 웃음꽃
어우러져 피어나는 점심시간은
살아있는 인생의 교실이어라

돌아보니

살고 또 살아 봐도
지금, 여기 이곳
빠져나갈 밧줄은 없더라

멀고 먼 어드메쯤
파랑새 사는
무릉武陵 세상 따로 있으리라던
부질없는 꿈

그 꿈에 속아
봄이 가듯 소년이 가고
꽃답던 청춘 또한 가버렸나니

그 무엇이 영원 하리오
명예와 부를 좇아 쌓은 모래성
바람 불고 파도치면 그만일 것을

지금, 여기 이곳
내게 주어진 모든 인연들
사랑하다 가기에도 바쁜 시간
밧줄 대신 한 줌 흙
손에 쥐고 입을 맞춘다

선암사仙巖寺의 밤

미친 말馬 타던 목숨
고삐 잠시 잡아매고
선암사 팔상전八相殿 앞
고매화古梅花로 서면

숨 멎을 듯
고와서 서러워라
적료寂廖의 가지 끝
한 줄 시詩로 앉는 달빛

내 무엇으로 왔다가
어디로 가는가
무엇에 미쳐서
이 길고 긴 꿈속을 헤매는가

승선교昇仙橋 바위 아래
무거운 몸 기대고 앉아
탐욕과 거짓의 옷
벗지 못한 부끄러움 씻어 보려는데

먼 바다로 흘러가는
물길 한 자락
혼자뿐인 천지간天地間 동무하자며
오랜 벗인 듯 내 손 잡는다

조문弔問 길

조문弔問 다녀오는 길
고속도로 대신
섬진강변 따라 국도 타고 광주로 왔다
천천히 아주 천천히

세상 한쪽에서
누구는 바람에 지는 잎처럼
홀연히 가 버리고

누구는 이렇게 살아남아
덧없는 생의 의미
씀바귀로 곱씹거늘

반짝대는 은빛 강물 위에
소나타 음률로 깨어나는 봄
시간이 이대로 멈추었으면

허공에 울음 한 점 남기고
먼 산 너머로 사라져 가는
한 마리 꿩의 날갯짓이 부럽다

해맞이 남원식당 할머니

경주 불국사
주차장 아래쪽으로 가면
마음씨 고운 할머니네
해맞이 남원식당이 있다

꽃그림 수놓아진 앞치마 두른 채로
바람 찬 길가에 나와 서서
지나가는 사람 하나라도
허투루 보지 않고
정성으로 반기시는 할머니

아니 들르고 지나치면
왠지 죄가 될 것만 같아
차를 세우고 들어선 식당
삐걱거리는 의자에 걸터앉고 보니

고향집에 들른 듯
어머니를 보는 듯

우리 부부가 밥을 먹고 있는 사이
다시 또 길가에 나가시더니
금세 또 한 손님을 모시고 들어오는 할머니
저 몸에 밴 부지런은 어디서 오는 걸까
저 뜨거운 억척은 또 어디서 솟는 걸까

사는 일이 버겁다 해서
슬픔에 짓눌리거나 원망에 절어 살지 않고
날마다 어둠 뚫고 솟아나는 해를 맞듯
벅찬 세상 앞에 두 손 모아 합장하는
무한긍정과 순명順命의 삶

"경주 오시면 잊지 말고 또 오이소~!"
문밖까지 나오셔서 머리 숙여 배웅하는
할머니의 해처럼 환한 미소가
불국사 대웅전 금부처보다 밝다

어림도 없지

이 지랄 같은 세상
돈이 맘대로 벌리는가
자식이 뜻대로 커 주는가

사는 것도
내 뜻대로 안 되고
죽는 것은 더더욱

마음 하나 비우고
길가에 핀 풀꽃처럼
살다 가면 된다지만

똥창 같은 욕심으론
어림도 없지
무장무애無障無礙, 그 높고도 먼 길

오늘

어리석어라
알고 보면 죽음은
바로 저 문밖에 있는데
그걸 애써 외면하는 우리는

자신에게 주어진
하루하루의 목숨이
축복인지 저주인지 가릴 틈도 없이
헐떡이는 짐승처럼
그냥 살아내기 바쁘고

차라리 죽음을 몰라서
어떤 날은 행복하고
도리어 죽음을 알아서
어떤 날은 더더욱 행복해지는 우리는

어느 날 문득
가녀린 풀잎 끝
한 방울 이슬로 사라지고 마는
슬픈 자화상
애처롭게 바라보아야 하거늘

못다 한 사랑
못다 한 용서
오늘이 바로
이승에 머무는 마지막 날인 듯
서둘러야 하는 것 아니겠는가

흐르는 대로

하룻밤 사이에
여름 가고 가을 왔어라

찌는 무더위 속 귀청 때리던
맴맴 매미 소리 어젠 듯한데
새벽잠 흔들어 깨우는
귀뚜라미 울음

장롱 속 소매 긴 옷
꺼내 입으려다 보니
가늘어진 팔뚝 위로
세월의 훈장인 듯
떼 지어 피어난 검버섯

아, 오고가는 것이 어디 계절뿐이랴
사랑도 미움도
만남도 이별도

사람의 한 생애
강물 위를 떠가는 조각배라면
이 한 몸 저 물길에 내어 맡긴 채
그냥 흐르는 대로 따라갈 밖에

대원사大原寺

펄펄 꽃눈 내리는
십 리 벚꽃 길 돌고 돌아
어머니 품속 같은
극락전極樂殿에 이르면

꽃에 반쯤 홀린
나그네 앞에
넘칠 듯 놓여 있는
말씀의 술잔

득지본유得之本有
실지본무失之本無

그 무엇을 얻었다고 기뻐할 일도 없고
그 무엇을 잃었다고
슬퍼할 일도 없다 한다

이승 길
한나절
더도 말고 덜도 말고
꽃처럼 살다가는 꿈 하나면 족할 것을

탐진치貪瞋癡 삼독三毒의 병
깊어진 몸뚱어리
해우소解憂所 한바닥에
버려두고 가고 싶다

낮달

차를 타고
봉선동 시장 골목을 지나오는데
오십을 넘긴 듯한
중년 사내 하나
술시가 아직 한참이나 멀었는데도
잔뜩 취해 인파 속을
춤추듯 흔들거리며 지나가고 있다

비
　틀
비
　틀
비
　틀

세상이 자기 뜻대로
돌아 주지 않으니까
어느 주막집 주모를 대낮부터 호령하여
미쳐 돌아가는 세상의 술 다 마시고
빙글빙글 팽이처럼 돌고 싶었을까

죄를 모르면 모를수록
가난과 불행에 볼모잡혀 살아야 하는
이 기막힌 역천逆天의 땅
무심한 하느님은 조율 한번 안 해 주시고

꿈속을 헤매면 차라리 행복할까
대낮부터 머릿속의 불을 끄고 잠들고 싶은
고독한 사내의 등 너머로
그 무슨 위로인 양 낮달이 진다

행운유수行雲流水

아침인가 싶으면
저녁이고
밤인가 싶으면 어느새 또 날이 밝고

봄이다 싶었는데
피는 꽃 마주하여 다정히 눈인사 한번 못한 채
여름이 가고

가을인가 싶은데
지는 꽃 향해서 섭섭한 이별의 손짓 한번 못해 보고
또 겨울이 오고

멈춤 없는 시간 속
절대 억지로는 안 살아지는 것을
좀 더 일찍 깨쳤더라면

빈손에 머물다 가는
바람의 미소조차
반길 수도 있으련만

납처럼 무거워라
쓸쓸한 생의 그림자 바라보며
후회로 떨군 고개

남은 인생,
순명順命의 돛 높이 달고
북두성北斗星에 길을 묻는
행운유수行運流水로 살고 싶다

거기엔 다 이유가 있다

미당未堂 선생 말씀마따나
소쩍새 봄부터 울지 않으면
먹구름 속 천둥 또 그렇게 울지 않으면
피지 않는다
꽃은 피지 않는다

무서리 칼끝에 온몸 내어놓고
불면의 밤 한가운데
오래오래 서성이지 않고서는
한 송이 국화꽃
절대 필 리 없다

하니, 쉬워 보인다 해서
남이 가는 길 비웃지 말고
흔해 보인다 해서
남이 피워낸 꽃 함부로 말하지 말지어다

그 사람,

그 길에 쏟은 땀

그 꽃에 뿌린 눈물

자신의 생애와 운명까지 걸었을지니

그대 정녕

한 송이 국화꽃 피우려거든

머언 먼 젊음의 뒤안길 돌아

어둠 속 가시밭 밟아서 오라

백양사 스님들은

장성 백양사 스님들은
좋기도 허것다
손에 쥔 것은 바람 한 줌뿐이어도
가슴에 누리는 것은 하늘 만큼이니

경전 공부하다가 지친다 싶으면
대웅전 툇마루 걸터앉아
아무 때 아무 데나
고개 한 번 들라치면
갈 봄 여름 할 것 없이
여기도 그림 저기도 그림

절로 나오는 탄성에
꽃구름 올라탄 듯
어느 법열法悅의 수레가
이보다 좋을까

이 뭣고!
가슴에 오래 품은 화두조차
헌신짝인 듯
멀찌감치 벗어 놓고

단풍나무 이팝나무 갈참나무 울울한 숲
이 가지에서 저 가지로 타고 오르는
다람쥐 눈망울 속
구름이 가듯

풍광의 극치 한가운데서
무심無心의 하늘 향해
무욕無欲의 그네 타는 백양사 스님들은
뭣이 부러울까

주름등 두 개

부처님 오신 날
절에 가서 돈 만 원을 주고
주름등 두 개를 달았다

나를 미워하는 모든 사람들을 위하여 합장
내가 미워하는 모든 사람들을 위하여 합장

부처님께서 그러셨다지
원한을 품는 것은 다른 사람에게 던지려고
뜨거운 석탄을 손에 쥐고 있는 것과 마찬가지다
화상을 입는 것은 결국 자기 자신이다

용서받지 못하면
나는 영원한 과거 속에 살고
용서하지 않으면
나는 영원히 원망과 미움의 올가미에 갇혀 살 밖에

싸고 싼 주름등 두 개로

미망迷妄의 어둠에서

잠시 비켜선 하루

어두웠던 가슴 한편 환해져 온다

가화假花의 충고

영원히 살 수만 있다면 뭔 짓이든 다 하겠다고?
곰쓸개 아니라 지렁이, 뱀, 굼벵이 눈곱까지라도 먹겠다고?
하여 나처럼 항상 죽지 않는 청춘이었으면 좋겠다고?
아서라, 부질없고 허무한 불멸의 환상이여
그대, 썩어질 수 없는 육신의 비애를 몰라서 그래?
목숨이란 화사하게 필 때도 있어야 하지만
때가 되면 미련 없이 질 줄도 알아야 하는 법
나도 한때는 당신처럼 영원을 꿈꾸었지
하지만 이젠 영생의 축배보다 죽음의 독배가 미치도록 그리워
이 슬픔마저 거세된 가슴엔 아무런 희망도
피고 나면 지는 희망
지고 나면 또 피어날 희망 하나 없단 말이야
눈 내리는 벌판에 발가벗고 서 있으래도 좋아
가시덤불 한가운데 물구나무를 서 있으래도 좋아

내 몸에 씌워진 이 가혹한 불사不死의 굴레를 벗고

살아 있음의 눈부신 한때를 그리워하며

아, 그냥 꽃답게 죽어질 수 있다면

운주사雲住寺

문자文字로 죽은 부처는
법당에 숨고
가슴에 피 끓는 사람들만
거친 바람 속에 서거나 누웠는가

평생을 두고도 풀지 못하는
밥과 사랑의 화두話頭 하나 보듬고
웃고 싶으면 웃고
울고 싶으면 울어 가며
흐르는 천 년 구름 벗 삼고 살아갔을
저 부처 같은 사람들
사람 같은 부처들

꿈꾸다 스러지고
또 꿈꾸다 스러져도
그저 사람답게 살고파서 잠 못 이루었을

이슬꽃 목숨들의
하늘로 뻗쳐오른
불같이 뜨거운 마음 길이여

밤이 깊을수록
지아비 지어미 하나 되어서
쏟아지는 별빛 이마에 받아 가며
간절한 발원發願담은 천불 천탑
시를 쓰듯 세웠으리니

천 번째 와불臥佛
약속처럼 일어나시는 날
그리던 미륵세상 복사꽃
눈물겨운 산천에 강물 지려나

한때의 사랑

모든 것은 한때다
살아 있는 모든 것은
다 한때다

피울음 우는 어느 꽃만
바람을 피해 홀로 서고
눈물 섬 떠도는 누구의 사랑만
이별을 비켜서랴

살다 보면
어떤 날은 구름 끼고
어떤 날은 비 오다가
어떤 날은 다시 눈부신 해 반짝이는 것을

아, 사랑도 한때라서
꽃 지듯 이별이 오고
허비는 가슴 저 깊숙한 자리
한 알 꽃씨로 묻는 핏빛 그리움이여

잠시뿐인 그림자로
머물다 갈 생의 뒤안
꽃처럼 피고 지는 한때의 사랑 있어
오늘 하루도 슬프도록 행복하다

후회

살아도 살아도
갖고 싶은 것
되고 싶은 것
왜 그리도 많은지

허기진 짐승의 피 못 버려
제풀에 넘어지고 쓰러져 울면서도
끝내 내려놓지 못하는
욕망의 화살

바람을
안개를
먹구름을 조롱하며
신기루 과녁 힘껏 겨냥해 보지만
매양 쏘는 것은 텅 빈 허공

후회의 무릎 꿇고
가슴에 품은 독毒 내려놓으면
가뭄처럼 타들어가는 영혼
한 줄기 소낙비라도 내려주려나

월정사月精寺의 밤

가슴에 얹힌 생각
부리지 못해
적광전寂光殿 앞 자갈돌로
뒤척이는 마음자리

고요마저 숨이 막혀
뜰 앞에 내려서면
달빛에 목을 놓는
소쩍새 울음소리

잠 못 이루는
삼경三更의 끝
슬퍼할 그 무엇이
저리 깊어서

여윈 목 한 가닥

피를 뿌리듯

굽이치는 물 멱살

부여잡고 흔드는가

저 여름 산 풀잎처럼 내가 살아서

저 여름 산 풀잎처럼 내가 살아서
두 발로 길을 걷고
사랑하는 사람을 만나고
아름다운 꽃과 새들을 보고
미치도록 푸른 하늘 오래오래 바라볼 수 있다는 것

때로 거친 목숨의 골짜기
물처럼 흐르고
바람처럼 흘러서
끝내는 텅 빈 저 허적虛寂의 바다
한 점 포말泡沫로 사라진다손

꿈꾸고

노래하고

사랑하며

그리운 사람에게

초록빛 마음의 편지 한 장 쓸 수 있다는 것

저 여름 산 풀잎처럼 내가 살아서

조물주의 뜻

밤을 만드시고,

나 같은 사람

행여 그 어둠에 지칠까 봐

낮도 함께 만드셨을까

슬픔을 만드시고,

나 같은 사람

행여 그 눈물에 묻힐까 봐

기쁨도 함께 만드셨을까

썰물을 만드시고,

나 같은 사람

행여 그 쓸쓸함에 사무칠까 봐

밀물도 함께 만드셨을까

죽음을 만드시고,

나 같은 사람

행여 그 허무함에 쓰러질까 봐

삶도 함께 만드셨을까

천치재 넘는 길

눈부신 햇살 따라
아지랑이 피는 마음
한자리에 도무지 둘 수 없을 때
전라남도 담양군 용면 천치재 고개
그 환희의 꽃물결 타고 넘다 보면
나도 모르게 그만 바보천치가 된다

천치재, 아 천치재라,
누군지 이름 한번 잘 지었지
다들 너무 영리하게만 살려다 보니
어둡기만 한 잿빛 세상
한바탕 꽃들의 잔치에 취해
좀 바보같이 살다 가라는 뜻 아니었을까

번개처럼 지나가는

봄날 하루 천치재 올라

천지에 불붙는 듯 산산이 핀

산벚꽃 한 가지 꺾어 머리에 꽂고 나니

속세 잊은 우화등선羽化登仙 따로 없어라

도심의 충고

백두산

용천사 꽃무릇

이 아름다운 봄날엔

바위의 꿈

지리산의 봄

철쭉꽃

신록 앞에서

2부 이 아름다운 봄날엔

금강산

풀 한 포기 나무 한 그루
바윗돌 하나 물방울 하나
흙 한 줌 바람 한 자락
신의 손길 아니고서야
어찌 그리도 빛나고 아름다운 목숨일 겐가

억겁의 세월 속
스스로 말미암은
하늘 뜻 그대로의 자연의 극치
그 어떤 무엇과도 견줌을 거부하는
무한 독존, 절대 지존의 산
아, 금강산

조금도 서운할 게 없겠더라
금강문, 옥류동, 상팔담 어느 언저리에
한 방울 이슬로나 썩어지거나

삼선암, 천선대, 망양대 어느 그늘에
한 줌 티끌로 누워 잠든다 해도

지척에 두고도
반세기 동안 가 볼 수 없었던 금단의 땅
쌓아둔 그리움 산을 이루고
울어 삼킨 피눈물 강을 이루어
저리도 아름다운 한 폭 그림 되었을까

보랏빛 금강초롱 곱게 피어난
비로봉 상상두上上頭에 손잡고 올라
가슴 터지도록 우리나라 만세, 만만세 부르며
덩실덩실 춤추는 날 간절히 그려본다

용천사 꽃무릇

1.

천국이

왜 멀리 있어야 하는가

낙원이 왜 남 얘기여야 하는가

한가위 명절 맞아

고향 가는 길

함평군 해보면 용천사에 들르면

예수님 산상수훈山上垂訓

금방이라도 펼쳐질 듯

부처님 초전법륜初轉法輪 눈앞에서 들려올 듯

고즈넉한 산기슭 사방 천지에

숨 멎을 듯 압도하는

한바탕 꽃 세상

걷고 또 걸어도
여길 보고 저길 보아도
도무지 끝날 줄 모르는 꿈길 하나 펼쳤어라

2.
사랑이 죄가 되어
엇갈린 운명
사무치는 꽃과 잎
멀고 멀어서

그리움에 여윈 목
길게 뽑으면
피보다 붉은 울음
하늘에 닿을 듯

만날 순 없어도

하나 된 마음의 불길

재 되는 그날까지 타오르리니

아프도다 그 이름 꽃무릇이여

갈치

왜 바보같이
나 혼자서만
그대를 미치도록 사랑했을까

빛을 향한
눈먼 사랑
파멸임을 알면서도

칠흑 바다
어둠이 싫어
고독이 싫어

죽음마저
달게 삼키고 마는
색정망상色情妄想이여

토성土星의 충고

너 누구냐
대체 너 누구냐
어디서 무얼 하는 누구냔 말이다

억만 겁 우주의 시간에 견주고
무한대 우주의 크기에 비하면
지구는 작고 작은 하나의 점點
너는 그냥 창해일속滄海一粟

살아도
살았다 할 것이 없고
가져도 가졌다 할 것이 없는
한 방울 이슬 같은 목숨일진대

무얼 그리 뻐기는가
미움은 왜 그리 많고
원망은 또 왜 그리 큰가

우스워라
제 주제도 모르면서
어쭙잖게 용쓰는 꼴이라니

봄길

봄이 오니
꽃피는 봄이 오니
내 마음도
활짝활짝 꽃이 피듯

절로 뛰는 가슴
두근두근
어린 소년 되어
나비 좇는 발걸음

사뿐사뿐 걷노라니
좋다
좋다
참, 좋다

꿈길을 가듯

내 마음속 오래 그리던

님 만나러 가는

눈부신 봄길

백두산

하늘 아래
이보다 더 장엄한 산 어디 있으며
땅 위에
이보다 더 거룩한 산 어디 있으랴

한 천년쯤 사모思慕했던
님의 품에 오롯이 안긴 듯
가슴 가득 차오르는
환희의 꽃물결

우리 땅임에도
보고 싶을 때
한걸음에 달려와 바라볼 수 없는
아픔 삼키노라니
불에 덴 양 뜨거워지는 목울대

반세기 지나도록 이어진 분단의 비극
그 아픔 너무 깊어
저 깊고 푸른 호수
또 하나의 하늘이 되었을까

병풍처럼 에워싼
깎아지른 벼랑 끝에 부딪쳐
휘돌아 서는 바람의 호곡號哭소리
통일을 염원하는 오천만 민족의 흐느낌인 듯

떨
어
지
지
않는 발길 억지로 떼며
아쉬운 미련에 몇 번을 뒤돌아보는데

천지의 호수도

헤어짐이 아쉬운 양

바람에 출렁이는 은빛 물살

눈물인 듯 반짝 거린다

꽃 1

인동忍冬의 밤 아무리 길지라도
살얼음 진 생生의 강
눈물로 건너
마침내 다다른 절대絶對의 자리

절망의 땅
칠흑의 어둠 걷어내고
희망의 샘물 솟구치듯 얼굴 내밀어
순금純金의 환한 미소 짓는 꽃이여

저 하늘의 별을 향한
마음의 창을 열고
가시밭 한세상 꿈꾸듯 가다 보면
그대 같은 사랑 하나 내 가슴에도 피어날까

바위의 꿈

아득하여라,
회한의 언덕에 찢겨진 깃발로 서 있는
떠돌이 나의 생

한때, 그 무슨 자랑인 듯
시비是非와 선악善惡을 앞 다투어 가리고
무명無明의 어리석음에 취해
하늘 향해 고래고래 소리 질러도 보았지만

영원을 살 것 같은 착각 속에서
앞만 보고 진군하듯 살아온
청춘도 젊음도 한바탕 꿈인 것을

이제는 싫어도
영혼의 녹슨 거울 꺼내 닦으며
참회록을 써야하는 이순耳順의 문턱

번뇌의 강 건너오는 동안
죽 끓듯 하던 마음 가라 앉히고
말없음표 하나 가슴에 얹고
천년 함묵含默의 바위로 살고 싶다

덕유산

설천봉에서 향적봉에 이르는
한 치 앞 아니 보이는
눈길 산행
매운 칼바람이 온몸을 난도질하고 지나갔다

이리 해보고 저리 해보고
살고 또 살아도
쉬운 일 하나 없는 생生은
바로 겨울 산 오르는 일

겉보기에는 다 행복한 것 같고
아무렇지도 않은 듯 멀쩡해 보여도
거칠고 사나운 운명의 빙판 위에서
넘어지고 찢기어 피 흘리나니

일상에 지친 번뇌 잠시라도 잊어볼까
끝도 없이 펼쳐진 순백의 설원雪原위에서
그리움의 뼈만 남은
한그루 고사목枯死木 꿈을 꾸었다

난蘭

꽃

대

하

나

기적처럼 솟았다

베란다 한쪽에 밀어 놓은 채

물 한번 제대로 주지 않았는데

버려지고 잊히는 슬픔 속에서도

혼자서 꿈을 꾸고

혼자서 기도하고

죽음의 겨울 강

마침내 건너

불굴의 희망으로 우뚝 섰나니

생명의 강인함과 숭고함 앞에서
눈감고 읊조리는
내 경배敬拜의 기도를 들으려나

그대, 상처 안에 오래 품어 키운
빛나는 영혼의 진주
아름다운 한 떨기 꽃으로 피어나리라

이 아름다운 봄날엔

어둠 속
더 이상의 잠은
죄가 될 것 같은 이 봄날

꽃처럼 아름다운 나의 사람아,
보기만 해도 가슴 뛰는
저 청보리밭 언덕에 서서
눈부신 햇살 같은 사랑 꿈꾸며
그리운 마음의 배 두둥실
바다 멀리 띄우자

그늘 속
더 이상의 한숨 또한
죄가 될 것 같은 이 봄날

세상에 하나뿐인 나의 사람아,

생명의 찬가 울려 퍼지는

저 푸른 숲 속에 서서

비상하는 새 떼들처럼

영원을 꿈꾸는 날갯짓 훨훨

마음의 풍선 타고 하늘에 오르자

나의 사랑, 광주여

누가 나에게
가진 게 얼마나 되느냐고 물으면 부끄럽다
하지만 어디에 사느냐고 물으면 금세 으쓱해진다
대한민국, 그것도 광주에 산다는 것이 자랑스럽다

광주, 그 이름의 거룩함은
도시의 규모에서 오지 않는다
그 정신의 위대함은
공장의 굴뚝에서 오지 않는다

총칼 앞에서 비굴하고 욕된 짐승으로 사느니
차라리 죽음 보듬고서라도
오로지 사람으로 살고파서
자유와 정의, 민주와 평화의 횃불 높이 치켜들던

금남로, 그 역사의 현장에 서면
그날의 뜨겁던 피 전해져 오고
하늘에 닿던 절규와 함성
무등산 푸른 정기精氣로 살아 흐르나니

홍익인간弘益人間 높은 뜻 이어받아서
부디, 인간이 인간답게 사는 나라
국민이 진정한 주인 되는 나라
남과 북, 하나 되는 통일 세상 어서 오기를

그 어떤 부정不正에도 물들지 않고
그 어떤 불의不義에도 굴하지 않아
세상에서 가장 순결하고 당당한 도시
나의 사랑, 광주여 영원하여라

철쭉꽃

아침 햇살 왠지 눈부셔서
무심히 바라본 우리 집 베란다에
언제 봄이 왔는지
선홍빛 철쭉이 불타듯이 피었어라

저 꽃,
곧 피었다가 저버릴 목숨이어도
후회 없는 사랑 하나에
온몸을 던지는 동안

나는,
뭐 그리 대단한 것을 찾는답시고
계절조차 잊은 채
삭풍의 빈 들녘 헤매 돌았을까

출근 좀 늦게 하더라도

저 예쁜 꽃 좀 더 보고 가라는 아내의 성화에

붉은 꽃가지 하나씩 꺾어

서로의 머리에 꽂아 보는

동심童心이 낯설다

봄의 숙제

봄 약속 없는
겨울이 없듯
올 것은 오고
갈 것은 간다

지금 오지 않는 것 있다면
지금 가지 않는 것 있다면
단지
때가 되지 않았을 뿐

이별을 예감 못한
우리 사랑이
떠나간다 해서 슬프랴
다시 온다 해서 기쁘랴

봄을 맞는 대지처럼

조용히 눈 감고

마음의 귀 활짝 열어 놓으면

그뿐

덩굴장미

다들 무슨 음모라도 꾸미는지
꼭꼭 문 걸어 잠그고
높이 쌓은 담장 너머
사람의 머리카락 하나 안 보이는데
묘지와도 같은 집
어둠의 장막을 찢고 나와
해처럼 환히 웃는 덩굴장미여

적의敵意를 감춘 잿빛 얼굴로
고립을 자초해 살아가는 사람, 사람들
그대 반의반만 닮아도 행복할 터인데
날마다 담장을 높이고
더 비밀스런 숫자로 대문을 잠그고
가슴까지 꼭꼭 닫아버리면
아, 우리들 마음은 어디에 살까

송이송이 작은 등불로 피어

메마른 세상의 어둠 물리치고

뜨거운 가슴 열어

누군가의 영원한 사랑 받고픈

그대 꿈 너무 눈부셔 눈을 감는다

지리산의 봄

말이 너무 많다
설명이 너무 길다
저자 거리 떠도는 예술이여

꽃피는 봄날 지리산 가면
속계俗界의 때 말끔히 벗은
산천초목들 한데 어울려져
꿈같은 천상天上의 화원花園
비단처럼 펼쳐 보이나니

형용의 한계를 넘어선 자리
꽃 한 송이, 나무 한 그루가
한 편의 시, 한 폭의 그림인
신의 조화 앞에서
인간의 것들은
모두 경배敬拜의 무릎을 꿇었어라

말하지 않고 보여줄 뿐인
대자연의 화두話頭 보듬고
봄 잔치 한마당
열병이라도 앓고 나면

누가 아는가,
오래도록 그리던
영원의 문 가까이 다다를지도

신록 앞에서

더 깊숙이
더 안으로
빠지면 빠질수록
신세계인 듯 펼쳐지는
또 다른 세상의 길

더 곱고
더 싱싱하게
푸르면 푸를수록
일렁이는 가슴 가득 영글어 가는
아름다운 사랑의 꿈

부질없이 나이를 세거나
얼굴의 주름을 걱정하며
통장의 잔고나 들여다보는 일 따위
백치白癡처럼 잊어 두고

따로 없는

천국의 정원을 걷듯

에메랄드빛 순수의 바다 위를

한 점 새로 날고 싶다

산수유

발끝에 묻은 한 점 죄
지리산 자락
흐르는 물에 씻고 나면
사랑할 일밖에 없는 가슴
꽃바람 일렁이고

하늘 길 가듯
긴 돌담 끼고 돌면
눈물보다 고운 님의
환한 미소
숨 멎을 듯

노란 산수유 꽃
마음의 불길로 번져 오는 날
저만치 두고 온 한세상
꿈만 같거늘

한나절 목숨,

그 무슨 시비에

눈이 멀어서

진흙탕 수렁 속 헤매었던고

꽃 2

천공天空에 걸어 놓은
별의 꿈 하나 좇아
눈물로 밝혀 온
어둠 천 리 길

사무쳐 그리움
멍울진 자리
한 마리 새 되어
날아오른 넋

낙엽

아낌없이 불태운 생生일지라도

어찌 남겨둘 후회 한 올 없을까마는

시간의 철리哲理와

부름 받은 목숨의 길을 알기에

바람뿐인 허적虛寂의 도심 한복판

걸림 없는 무심無心의 몸이 되어서

깃털보다 가볍게 부유浮遊하는가

절정

깊어가는 가을 끝자락
지리산 단풍 따라
피아골 오르는데

형형색색形形色色
온몸으로 불타는
나무들의 오르가즘

차마, 홀로 바라보기
숨이 차서
신음 소리 토할 즈음

부끄럼 감춰줄 양
저만치 앞질러 가는
계곡 물소리 빠른 눈치여

서석대 조찬朝餐

휴일 날 첫새벽 어둠 가르며
무등산 서석대 올라
떠오르는 해 바라보며
조각보 하나 깔아 놓고 아침을 먹는다

샤스핀, 랍스터, 송로버섯 아니면 어떤가
보온 도시락에 컵라면 하나 끓여
막걸리 한잔 곁들이면 지상 최고의 밥상일지니

여보! 잘났네 못났네 도토리 키 재기 하는
저 시끌시끌한 저자거리
아예 내려가지 말고
여기서 한 백년 살아 버리세

나야 괜찮지만
한나절도 못 견딜 사람 바로 당신이잖소

높푸른 하늘 머리에 이고
바람, 구름, 다람쥐, 휘파람새랑
함께 모여 나누는 서석대 조찬
구중궁궐 산해진미 하나도 안 부럽다

가을 무등산

내 마음속 그리움의 키를 잰다면
금빛 가을 햇살
세례 받고 선 무등산
눈 시리게 하이얀 억새꽃
하늘에 오를 듯 아련히 손 뻗치는
그 높이 어디쯤 되겠지요

내 가슴속 슬픔의 깊이를 잰다면
세상 시름 한 지게 걸머지고
저 꼬막재 너머 장불재 가는 길
바람보다 먼저 눕는 가녀린 억새꽃
진양조로 숨죽여 우는 흐느낌
그 노래 어느 한 대목쯤 되겠지요

바위에 올라앉아

가부좌로 구름 벗하며

새소리보다 청아한

규봉암 목탁 소리 귀에 담노라니

두서없이 헝클어진 번뇌의 미로 속

어디에도 둘 데 없던 내 마음

비로소 제 길 찾아 흘러갑니다

첫눈을 바라보며

젊은 날 누군가를
더 슬프게 사랑할 걸

마지막 이별
미치도록 괴로워하며
더 오래 오래 잠 못 들어서

빈 들녘 홀로 우는
겨울 갈꽃처럼
깊어지는 그리움 가슴에 묻을 걸

세월이 가도
첫눈이 오면 어김없이 흔들리는
외로운 마음의 현弦

사랑에 슬퍼하고 괴로워한 만큼

아련한 추억의 바다

눈처럼 내려앉는

내 영혼의 별빛들

그것들이

가난한 내 삶의 전부에 값할 줄 알았더라면

내 청춘 꽃피던 시절

죽도록 누군가를 사랑해 볼 걸

멀고 먼 수미산

유언 이대

아버지 귀한 말씀

컴퓨터 운세

분리

어버이날에

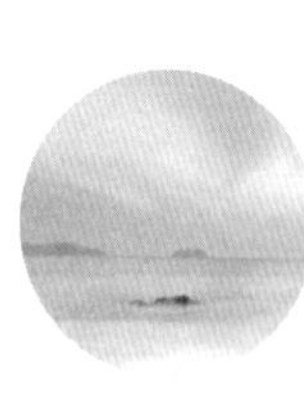

아내에게

수박 한 덩이

3부 내 마음의 꽃밭

내 사랑 내 곁에

시정이의 편지

어떤 행복

품어 주는 사랑

시 이쁜 새끼들

내 마음의 꽃밭

자식子息

한바탕 꿈이다
부모에게 자식은

꾸다 깨고
깨면 깰수록 아프지만
언제나 처음인 듯 다시 꾸고픈

속는 줄 알면서도 속고
모르면 모른 대로 속고
아니, 어떤 날은 차라리 속아서 더 기쁜

잘나면 잘난 대로 걱정
못나면 죄지은 듯
더 애끓고 가슴이 타는

죽어서나 끝이 날까

바람 잘 날 없는 나무

오늘도 눈물꽃 하나 피었다 진다

아버지 귀한 말씀

나를 끔찍이도 사랑하셨던
아버지는 늘 유언처럼 말씀하셨지
줄서지 말라고
누구의 사람이라는 소리 절대 듣지 말라고

그 말씀 금과옥조로 따라 살다 보니
이 나이 먹도록 변변한 연줄 하나가 없어
직장 생활 사회생활 거친 비바람
맨주먹 맨몸으로 버텨 낼 밖에

실력이 맥을 못 추고
양심이 쓰레기 된 불의 세상 속에서
눈물 가득 채운 패배의 쓴잔 들고
어금니 깨물던 시간 얼마였던고

억울함 참다 참다 턱까지 차오르면
혼자 어두운 들판에 나가
좆같은 세상, 엿 먹으라며
찰지고 찰진 욕 퍼붓곤 했지

무엇이 되느냐보다
어떻게 사느냐에 매달린 세월
비굴의 밥에 침 뱉은 대가로
더 높은 출세를 못 이루고
더 많은 것을 못 누렸을지라도

누구에게 빚진 것 없고
누구에게 죄진 것 없어
두려움에 떨지 않고
밤이면 밤마다 꿀잠을 이루나니

결국 옳았어라

하늘 두 쪽 나도 줄서지 마라

절대 누구 사람 되지 말라던

아버지 그 귀하고 귀한 말씀

인형 같은 그녀

오늘도 그녀는 웃는 얼굴이다
언제 보아도 웃는 그 얼굴이 싫진 않지만
그녀에겐 만날 좋은 일만 있을까?
살다 보면 남편과 뜻 맞지 않아
티격태격 싸우는 날도 있을 것이고
어미 속 몰라주는 새끼들 때문에
이래저래 속상한 날도 많고 많을 터인데
기미로 돋는 슬픔 두터운 파우더로 찍어 누르고
누구에게나 인형처럼 웃는 그녀는
가시뿐인 생의 길목
어디에 숨어서 한숨을 쉴까
어디에 숨어서 눈물 닦을까
살기 위해서 빼놓고 다녀야 하는
열두 구비 썩은 창자 속 어딘가에
핏빛 냉가슴의 미라가 숨어 있을 성싶다

울 엄니 6

말씀 한마디
손짓 하나조차
당신 뜻대로 못하시고

하루 종일
한 달 내내
아니 벌써 오 년여를
석상처럼 누워만 계시는 어머니

바람 불면
금방이라도 꺼져 버릴 듯한
가녀린 촛불 하나

못다 한
생의 미련
촛농처럼 떨어지거늘

마지막 한 방울까지 태우고 나면
당신 몸 가벼워져
그토록 꿈꾸시던 나비라도 되실까

멀고 먼 수미산須彌山

어릴 적 내가 밥을 먹다 흘릴라치면
코에 묻고 옷에 떨어진 밥
더럽지도 않으신지
얼른 주워 당신 입에 넣으시던 어머니

세월 앞에 장사 없다더니
어느 날 병마 앞에 홀연히 쓰러져
자식 얼굴 제대로 알아보지도 못한 채
세 살 먹은 어린애 되셨다

식사 시간에 맞추어 찾아뵙는 날이면
알량한 자식 노릇 한번 해 본답시고
간병인 대신 밥을 떠먹여 드리는데
자꾸자꾸 흘리시는 어머니

늙고 병들어 저러시겠지
백 번 천 번 이해해 드려야 마땅하건만
아까운 듯 주워서 입에 담아 먹기는커녕
속 터져 하며 짜증부터 내는 나는
아직도 어리고 어린 자식일 뿐

부모은중경父母恩重經에 이르시길,
자식을 낳으실 때 서 말 여덟 되의 피를 흘리시고
여덟 섬 너 말의 혈유를 먹이시어
어머니는 그 자식을 키우신다 했거늘

그 은혜 생각하면
당신을 등에 업고
저 멀고 먼 수미산을 백 천 번 돌아도
그 은혜 다 갚을 수 없을 터인데

알량한 병원비 몇 푼 보태고
효도하는 시늉이나 내는 것으로
무거운 마음의 죄 덜어 보려는
아들의 얕은 속셈 알아차리셨는지
오늘은 일찍 밥상을 물리치시고 마는 어머니

부끄러워 제대로 눈도 못 마주치고
서둘러 집으로 돌아가는 길
십 리로 못 되는 거리가
타국처럼 멀다

저 이쁜 새끼들

아침저녁 밥상 앞에 빙 둘러 마주 앉으면
밥보다 더 소중한 내 이쁜 새끼들의
초롱초롱한 눈망울 바라보기 때로 벅차
안 먹고도 배부른 가슴 하나만으로도
세상의 온갖 설움 저만치 물러서나니

더 잘해 주지 못해서 애타는 마음
맨주먹 땀방울로 일구어 가는
내 가난한 생의 꽃밭에
꿀벌처럼 잉잉거리는 저 이쁜 새끼들이 없었더라면
그 무슨 소망의 무지개 하나 저 하늘에 걸릴 것인가

유언 이대二代

울 아버지 돌아가시면서
남기신 유언 가운데 하나
아들아, 절대 절대로
정치는 하지 말아라

돈도 능력도 부족하지만
내 설사 그것들을 다 갖추었다 한들
요즘 같은 세상에
정치를 했더라면 어찌 되었겠는가

하늘도 알고 땅도 아는 죄를 짓고서도
모릅니다, 아닙니다, 그런 적 없습니다
백 번 천 번을 물어도
모릅니다, 아닙니다, 그런 적 없습니다

죽었다 깨어나도
저리 거짓말할 자신이 없는 나는
정치가 안 되고 교육자 되길 얼마나 잘했는가

사람으로 태어나서
사람 탈을 쓰고
사람 노릇 하나 제대로 하고 가기에도
힘들고 버거운 인생

아들아, 하늘에 부끄럽지 않는 일이라면
무슨 짓을 다 해도 좋지만
이 나라 이 땅에서
제발 정치만은 하지 말거라

부정父情

애써 키워 놨건만
부모 애타는 마음 아는지 모르는지
무심하기 짝이 없는 아들
저게 도대체 누굴 닮았을까
무소식이 희소식이려니
자식 걱정 아니 하려 애써 보지만
눈앞에 없다고 어디 쉽게 잊혀지는가

어쩌다 한 번씩 오는 전화
목소리만 들어도 귀가 번쩍 뜨이는데
수화기 너머의 목소리
힘이 넘쳐 보이면 덩달아 힘이 나고
왠지 맥이 빠져 있다 싶으면
온몸에 힘이 풀린다

식탁에 앉아 한 숟갈 밥 넘기다가도
문득 솟는 자식 생각,
일찍 일어나
끼니라도 제대로 챙겨 먹고 다니는지
바깥에 나가서
남의 인정받으며 사람 구실은 하고 사는지

천 길 가슴 깊은 자리
길게 드리워진 근심의 추
흔들리는 시간이면
베란다 한쪽 창가로 나가
바람 잘 날 없는 나무 벗 삼아
구름 사이 숨은 별
물먹은 눈으로 바라볼 밖에

분리

약해지면 안 된다고 이를 악물었다
절대 울지 말자고
다짐 또 다짐을 했다
하지만 다 헛수고였다

지금부터 입대 장병 여러분들과 부모님들의 분리를 시작하겠습니다
장병 여러분들은 사랑하는 부모님을 마지막으로 안아 드리고
연병장으로 지금 바로 모여주시기 바랍니다

방송 멘트를 듣자마자
다시는 못 볼 사람들인 양
여기저기서 마지막 포옹이 이어지고

제 엄마 아빠 품에서 살점이 떼이듯
뚝뚝 떨어져 나가는 자식들
울음바다 굽어보는 하늘조차 흐리거늘

어떤 날은 눈부신 꽃이었다가
온 세상 환히 밝히는 태양이었다가
어떤 날은 흐린 먹구름이었다가
다시 무지개였다가

그렇게 이십 년을 넘게 키워서
한 몸 둘로 쪼개는 분리를 하려 하니
눈물이 비 오듯
가슴은 천 갈래로 찢겨질 밖에

아내에게

이 세상에서
당신을 내가 사랑해 주지 않고
나를 당신이 사랑해 주지 않으면
우리가 무엇으로 부부이리오

소중한 만남의 인연
운명의 끈으로 동여매고
부부라는 이름으로
고락 함께한 지 벌써 이십 년

굽이치던
생의 파도 한가운데서
믿고 또 믿었던 것은
사랑과 눈물의 힘
오로지 그것 하나뿐

바람 차고 밤이 깊을수록
기도하는 가슴속
서로에게 향하는 푸른 그리움
봄날의 새싹처럼 돋아났거늘

죽는 날까지
서로 아껴 주고 사랑하며
그대는 나의 꽃으로
나는 그대의 별로

컴퓨터 운세

재미 삼아 한번 들어가 본
컴퓨터 운세 중에서 궁합을 보았더니
우리 부부의 궁합은 39점이란다
허허, 낙제도 한참 낙제다

그러고 보니 이제까지 살아오며
넘기 힘든 고갯길
자갈밭처럼 팍팍했던 순간들
한두 번 아니었는데
그게 모두 잘 맞지 않는 궁합 때문이었을까

아서라, 우리 부부 궁합이 어긋날수록
찰떡같은 심합心合 의지 삼아
바위처럼 끄떡 않고
풀잎처럼 기대어 잘 살고 있거늘

서로에게 감춘 눈물로
탑처럼 쌓아 올린 한 점, 한 점
함께 바라보는 하늘 끝
기다림으로 쌓아 올린 또 한 점, 한 점

사주팔자 주어진 궁합의 점수가
설령 빵점이라 한들
서로의 부족함 메꾸어 가며
백점 인생 꿈꾸며 살아가리라

어버이날에

어버이날 아침
출근길을 서둘러
어머니 누워 계신 병원에 들렀다

이 아들 바라보면서도
왔느냐는 말씀 한마디조차 못하시는 당신은
눈물이 반쯤 고인 애달픈 눈만
꿈벅꿈벅거리시고

입에 넣어 드린
과일 한 토막을
갓난아이처럼 우물거리셨다

사람이 나서 늙고 죽는 일
피로 맺은 모자母子의 인연 생각하며
꽃 한 송이 가슴에 달아 드리려 하니
갑자기 눈물이 비 오듯

병실 밖 창 너머로
무심히도 지나가는 봄날
잠시라도 붙잡아 드리지 못하는 이 죄를 어이할까

수박 한 덩이

가난이야
한낱 남루襤褸 같은 것

죽순처럼 커 가는 새끼들
눈 말똥말똥
그 옆에 풀잎처럼 기대앉은 아내
미소 반짝반짝

찌는 더위 식힐 겸
온 식구 빙 둘러 앉아
보름달 같은 수박 한 통 갈라놓으면

흥부네 박 터지듯
쏟아져 나오는
웃음 일만 구만 냥
행복 일만 구만 석

가진 것 없어도
온 세상 내 것같이
배가 불러 오는
어느 여름날 저녁

울 엄니 7

어찌 살아왔을까 싶게
아득한 인욕의 풍랑 속에서
곱디고운 얼굴 자취도 없이
검불 같은 삭신 하나
추스르기조차 힘에 겨운데

모진 세월 속에 묻어 둔 아픔
천 섬의 눈물 되어 가슴 적셔도
이 못난 자식의 그림자 따라
그리움의 바다로 흘러만 가는
푸르고 푸른 사랑의 강물

다시 태어나도

그 길뿐인 양

두 손 합장 바라보는

당신의 하늘 끝

후회 없는 생의 미소

꽃처럼 피어난다

서정이의 편지

겨울방학 하던 날
아무도 몰래
서정이가 새별이에게 건네준 크리스마스카드 속
예쁜 편지 한 통

새별아, 얼른 개학하면 좋겠다
오랫동안 못 본다 생각하니 얼마나 괴롭던지
마지막 청소 시간이라도 더 길었으면 좋겠더라

엄마 아빠도 못 보게 하고
제 호주머니 속 깊게 넣어 둔
비밀의 보물단지
서정이의 예쁜 편지

꿈속에서도 즐거운지

잠든 새별이 얼굴엔

밤새 미소가 그득

내 사랑 내 곁에

얼마나 멀었던가,
쓰러지고 넘어져도
시시포스처럼 일어서서
어둠의 수렁 길 빠져나오기까지

고맙게도,
믿음으로 크는 사랑
댓잎 같은 자식들
청청하게 자라 주고

과분하게도,
바람 거친 이 지상地上
발 뻗고 누울 집하나 있어
오늘도 대궐의 주인처럼 발 뻗고 누웠나니

스스로를 돕다 보니 하늘이 도왔을까
좋은 맘먹고 살다 보니 좋은 운이 따랐을까

더 바라면 욕심이겠지만,
남들에게 빚진 은혜 돌려주면서
내 사랑 내 곁에서 행복하기를
내 사랑 내 마음의 별이 되기를

풀어 주는 사랑

쉬는 시간만 되면
교실과 운동장 어느 곳에서건
세상이 떠나갈 듯 소리소리 지르며
물을 만난 고기처럼 팔딱팔딱
비 오는 날의 풀잎처럼 통통거리는
저 이쁜 아이들 좀 보십시오

아무렇게나 풀어놓아도
우리가 걱정하는 만큼
크게 빗나가지도 않고
해지면 둥지로 돌아오는 새들처럼
때로 거친 바람의 들판 헤매다가도
제 삶의 자리로 돌아오는 아이들

우리는 왜 한사코 저들을
밧줄로 꽁꽁 묶어 놓으려고만 할까요
짐승을 키우듯 가두려고만 할까요
심장의 더운 피 펄펄 끓는 저 푸른 생명들
마음껏 뛰어놀고 소리칠 수 있을 때
비로소 살아 있다 말할 수 있거늘

어떤 행복

첫새벽 백팔배로
정갈한 아침 여는 아내는
해질녘이면 동네 시장 봐다가
정성들여 끓인 찌개에 따뜻한 밥 지어서
식구들 따북스럽게 먹이는 재미에 살고

엄마아빠 사랑에
힘이 솟는 새끼들은
학교생활 즐겁게 친구들과 어울리며
가슴에 품은 꿈 가까이 가보려고
더욱더 힘내서 공부하고

나는 직장에서

그런 아내와 새끼들이

눈물겹도록 고마워서

죽는 날까지 기꺼이

한 마리의 소가 되는 꿈을 꾸고

내 마음의 꽃밭

하루 일 마치고 집에 돌아가면
따뜻한 저녁 지어 놓고
흐르는 음악에 책을 보면서
나를 기다리는 아내가 있고
발자국 소리만 듣고서도
하던 공부 멈추고 강아지처럼 뛰어나와
아빠 목 대롱대롱 끌어안는 새끼들 있다

여보, 고생했어요
와! 우리 아빠다

언 가슴 녹이고 바람 막아주는
따뜻한 사랑의 둥지 안에서
열심히 산 각자의 하루를 이야기할 때
활짝 핀 웃음꽃 사이로 지나가는
시원한 바람 한줄기

더 많은 용서와 더 많은 그리움으로

사랑할 수 있음에 감사할 뿐

눈비 오는 세상마저 아름다운 우리 집은

영원한 내 마음의 꽃밭이어라

오산

눈물

배움의 길

슬픔은

아직도 사랑할 게 너무 많아서

내가 그렇게 못 사는 이유

나무의 기도

나는 누구인가

4부 나에게로 가는 길

바람일 수 있다면

두 얼굴로 살지 못해도

내 생의 마지막 사흘

시詩

하늘 향한 그리움
사무치다가
참다 참다 토해 내는
꽃잎의 울음

몸져누운
사랑의 신음 너머로
이별의 기억조차
사라진 후에

타고 남은
가슴의 잿불 속에서
영원의 하늘 향해
퍼덕이는 새

내가 그렇게 못 사는 이유

하나뿐인 목숨 살기 위해서라면
세상의 그 어떤 일을 못할까마는
차마 버릴 수 없는 것은
양심의 간이다
도덕의 쓸개다

누구는 성공을 위해
누구는 출세를 위해
손가락 지문指紋 지우는 것으로도 부족해
간 쓸개 다 빼놓고 살아야 한다지만

떳떳하게 살다 살다 너무 외로워
혀 깨물고 으스러져 죽을지라도
빈껍데기 주검 같은 삶을
내 어찌 산단 말인가

나는 누구인가

오늘도 묻는다
나는 누구인가

속 모르는 사람들은
학교에서는 교장이 제일 높으니까
날마다 빈둥빈둥 아무것도 안 하고
세월아 네월아 콧노래 부르면서
한량처럼 노는 줄로만 안다
가만히 있어도 밥이 나오는 줄 안다

정말 그럴까?
정말 그럴까!

선생님들 생각에
아이들 걱정에

긴장의 마음 끈 한시도 놓지 못해
사나운 꿈자리 뒤척이는 밤

저만큼 달아나는
무지개 놓칠세라
바빠지는 발걸음 허방지방대다 보면
어느새 사막 저 너머로
다시 떠오르는 아침 해

오늘도 내 가는 길
눈비 오고 바람 불지만
부끄럽지 않는 삶 살고 싶기에
끝없이 스스로에게 물어볼 밖에

아, 나는 누구인가

아직도 사랑할 게 너무 많아서

알다가도 모르겠다
피었다가 지는 꽃
보고 있으면
왜 그리도 가슴이 아픈지

나이 더해 갈수록
인간사 모든 것이
저무는 바다
노을처럼 슬퍼지고

외로운 별 하나
서러운 꿈길
헤매어 온 모래사막
바람 차거늘

비우지 못한 마음의 끝자락
이명耳鳴으로 남아 우는
못다 한 사랑 노래 잊어버리고

짧은 봄날
바람에 지는 꽃잎 하나쯤
그냥 머언 산 돌아앉듯
이별할 수 있으면 좋으련만

공허의 뜨락 꽃 진 자리
눈물 떨구며
망연茫然의 눈길 오래 머무는 것은
아직도 사랑할 게 너무 많은 까닭이어라

지렁이

지렁이 한 마리
먼 길을 가고 있다
답답해서 바라보고 서 있기가
속 터지는 저 지렁이

얼마나 많은 눈물 가슴에 묻고
가고 또 가야
그리던 꿈길에 이를 수 있을까

세상의 차가운 시선 아랑곳 않고
온몸 던져서 묵묵히 제 길 가는
처절한 고행
눈부신 느림

분명 어디론가 바삐 가고는 있는데
돌아보면 매양 그 자리 서 있는
나의 꼴 생각하다가
지렁이 부끄러워 길을 비킨다

눈물

말로 다하지 못하는
슬픔 있을 때
그대와 더불어 시를 쓴다

소리쳐도 모자라는
기쁨 있을 때
그대와 더불어 노래한다

어떤 날은 울컥,
솟구쳐 나를 세우고

또 어떤 날은 반짝,
빛나서 나를 밝히는

사랑과 용서의
간절한 바람 담아 바치는
고해告解의 제물祭物이여

멀고 먼 낙타의 길
별빛 담아 마시는
내 영혼의 가장 깊은 샘물이여

지천명 길목에서

놓쳐 버린 파랑새
숨은 구름 속
헤매 돌기 몇 십 년
길을 잃었다

하늘 뜻 안다는
지천명 문턱
풀리지 않는 삶의 숙제
산더미 같고

쫓기는 바쁜 마음
붙잡지 못해
꿇고픈 무릎 위로
해가 지는데

무엇을 찾아서

어디로 가야 하나

길을 묻는 나그네

흔들리는 나침반이여

나목裸木의 기도

바로 내 안에 두고서
어느 사막 모래바람 속
그토록 나를 찾아 헤매었을까

먼 길 떠돌던
바람의 세월 끝
무성했던 애증의 그림자조차
마지막 한 잎 낙엽으로 날려 보내고

겨울 빈 들녘
홀로 맨몸 되어서야
비로소 '나'다운 나로 섰나니

눈보라 치더라도
거짓과 욕심의 옷을 벗고
가난한 마음 밭
희망의 꽃씨 하나 품어

봄이 오는 날
이 한 목숨 꽃피어
나만의 빛깔과 향기로 눈부시기를

배움의 길

교직 생활 십 년째쯤까지
눈 말똥말똥한 수백의 아이들 앞에서
대학에서 갓 배운 지식을 뽐내던
나는 얼마나 시건방졌던가
더 이상 배울 것이 없는 사람처럼

교직 생활 이십 년째쯤까지
귀 쫑긋쫑긋한 수천의 아이들 앞에서
여기저기 주어들은 개똥철학 뽐내던
나는 또 얼마나 오만하였던가
세상의 이치를 다 깨친 사람처럼

교직생활 삼십 년째쯤 이르고 보니
내 인생의 스승 같은 아이들 앞에서
가르치는 일이 자꾸만 두려워진다

잘못 가르쳐 죄짓진 않았을까
와락 겁부터 난다

배우면 배울수록
모르는 것이 더 많고
살고 또 살아도 세상일에 서툴기만 해서
스스로의 무지가 부끄러워지는 지금

겸손과 침묵의 낮은 자리로 돌아가
고개 숙인 벼 거울삼아
처음 말을 배우는 아이처럼
멀고 먼 배움의 길에 다시 서고 싶다

슬픔은

자르고 잘라도
날마다 푸른 새순으로
뻗쳐오르는
그리움의 넋이다

때로 어두운
마음의 하늘가
눈물의 창 너머로 돋는
영혼의 별이다

지쳐 가는 생生
물구나무선 자리
무지개로 솟는
존재의 부표浮漂다

오로지

진실한 사랑 하나

꿈꾸며 먼 길 가는

나의 슬픔은

청춘의 무덤 앞에서

이 한목숨
거친 생의 바다 건너오면서
젊음과 꿈을 팔아 무엇을 얻었는가

절로 가는 바람길 내팽개치고
욕심에 눈멀어 빠져든 수렁
앞서는 마음에 발 동동 굴러 보지만
선 자리 가늠하면 도로 그 자리

이런저런 세상사 답답한 마음
하루 종일 목 놓아 울어나 보면
청맹과니 두 눈에 빛 한 점 보일까

때늦은 후회로도 되돌릴 수 없는 시간
청춘의 무덤 앞에 무릎 꿇고서
돌아온 탕자蕩子처럼 속죄하거늘

빈손의 어둠조차
미소로 바라보며
있는 그대로의 나를
사랑할 수 있는 그날은 언제일까

내 생의 푸른 강江

바람에 흔들리지 않는
뿌리 깊은 나무처럼
하늘 향한 영원의 기도祈禱 하나
가슴에 해처럼 품고 살 수 있다면

상처 나고 쓰라려도
봄의 길목 한가운데 서서 눈비 맞는
저 나목裸木 등걸처럼 희망을 등불 삼아
파릇한 새순의 꿈꿀 수 있다면

연모戀慕하는 바다의 가슴팍 향해
하루에도 수만 번
꽃으로 산화散華하는 파도처럼
누군가를 온몸으로 사랑할 수 있다면

어둠이 별을 품어

길고 긴 밤을 견디듯

내 생의 푸른 강

넘치는 기쁨으로 헤엄쳐 가리

오산誤算

이순의 문턱을 넘고서부터
앉았다 일어서면
금방 들었던 것도 잊어버리니
종심소욕불유구從心所欲不踰矩 이를 때쯤이면
이 작은 머릿속에 뭐가 남을까

젊은 날엔 슬픈 기억
몸부림쳐 지우려 해도
저마다 한 짐의 무게로 짓누르던
뇌리 한편
사랑도 미움도 대못처럼 박히더니만

흐려져 가는 시간의 뒤안길에서
어렵게 붙잡고픈 추억의 뒷덜미
아프도록 후려친들
남는 것은 허무의 여백뿐이나니

죽지 않고
천년만년 살 것처럼
영원을 오산誤算한 어리석음이
지름길로 달려오는 백발보다 서럽다

두 얼굴로 살지 못해도

내 일찍부터 두 개의 얼굴로 살았더라면
지금보다 몇 십 배 더 떵떵거리고
지금보다 몇 백 배 더 높이 되었으련만
무엇 하나 변변히 이룬 것 없이 나이만 먹고 보니
아까운 청춘 괜히 헛살았나 싶어
바보 같은 스스로가 한없이 미워질 때가 있다

거짓과 술수, 불법과 부정으로
높은 자리에 오르고 떼돈 벌어
천하가 다 제 것인 양
목에 힘주고 사는 놈들 보면 속 뒤집어져
홧김에 술 한 잔 먹는 날이면
이제라도 두 얼굴로 살아볼까 해 보지만
죽어도 나를 속이고는 못 살겠고
죽어도 남을 해치고는 못 살겠고

제대로 값하며 살기에는 한 얼굴도 힘들고
아무나 두 얼굴로 사는 것 아니라면
두 발 쭉 뻗고 잠자리에 들 수 있는 것만 해도
죄 모르고 사는 만큼의 축복이려니 생각하고
거울 속 주름진 내 얼굴 장한 듯 쓰다듬어 본다

불혹不惑 일기

호롱불 켜고 살던 갑갑한 우리 마을에
기적 같은 전깃불이 처음으로 들어오던 무렵
양지뜸 출신으론 내가 맨 처음 도시로 유학 가서
대학 졸업장 떡하니 받아 왔을 때
고향 어르신들 말씀하셨지
네 인생 이제부터 전깃불보다 더 환할 것이라고

좁은 길 지게질에 허리뼈 녹아나던 우리 마을에
확 뚫린 신작로가 처음으로 생겨나던 무렵
공부 값 한답시고 금세 직장 잡아서
첫 월급 받던 날 막걸리 한 잔씩 올렸을 때
고향 어르신들 내게 말씀하셨지
네 인생 이제부터 신작로처럼 쭉쭉 뻗어 나갈 것이라고

댓잎처럼 푸른 희망 가슴에 안고
정든 고향 떠나왔지만
미혹迷惑의 사슬에 묶여
바람처럼 미쳐 돌던 청춘과 함께
내 마음속 그때 그 환하던 전깃불
곧게 뻗친 신작로는 어디로 갔을까

못다 이룬 꿈
이제는 자식들에게나 넘겨줄 생각하면서
죄인처럼 밤차를 몰아 고향집에 누우면
보일러 아랫목은 펄펄 끓지만
회한의 식은 땀
등이 시리다

가을의 기도

잃어버린다는 게
혼자라는 게
죽음보다 두려워

애증의 가지 끝
대롱대롱 매달려
멀미하던 청춘의 세월

갈꽃 그리움 하나
키우지 못한 채
구멍 난 가슴의 풍량風量으로 가늠하는
사십년 생의 무게는
잿빛 우수憂愁 한 짐

허적虛寂의 종소리

노을빛 강물로 흐르는

저 영원의 시간 속으로

나 이제 맨몸 되어 떠나야 하리

바람일 수 있다면

누구는,

죽어서라도 별이 되고 싶다며

죽어서라도 꽃이 되고 싶다며

보람의 한생生

눈물로 접고

화려하게 거듭나는 부활의 꿈을 꾸지만

누구는,

별같이 못 살고 죽을 바에야

꽃같이 못 살고 죽을 바에야

허무의 한생

기쁨으로 접고

흔적 없이 사라지는 소멸의 꿈을 꾸지만

내 무얼 더 바라리오
아침 이슬만도 못한 목숨에 실리는
한 오라기 연기 같은 보람과 허무 따위
눈길 한번 주지 않고
무상無常의 한생
표표히 마감하는 바람일 수 있다면

나는 전사다

나는 전사戰士다

날마다 철면鐵面의 갑옷 입고

싸움터에 나서는 나는 전사다

피 묻은 욕망의 칼을 차고서

주검 즐비한 거리에 서면

새롭게 솟구치는 하루의 전의戰意

불타는 적의敵意의 칼날 앞에

어리석게 가슴을 내보이는 자 있다면

부질없는 믿음의 급소를 찔러 주리라

빛을 잃은 태양에 침을 뱉으며

승리를 만끽하는 어둠 속

별이야 없어도 좋다

회의懷疑를 불허不許하는 오늘을 종교 삼아

잔혹에 길들여진 짐승처럼 살다 보면

저마다 신神이 되는 세상
내일 없는 목숨의 술잔 속에
힘없이 스러지는 눈물을 조상弔喪하면서
죽기 아니면 살기로
가파른 생生의 외줄 타고 있는 한

스승의 날 꽃 한 송이

흔하고 흔한 게 꽃이라지만
아무나 받는 것은 아니다
하루아침 잠시 달았다 떼어 놓지만
금빛 훈장의 무게보다 몇 천 배 더한 뜻을
가슴에, 그것도 떨려오는 가슴에 받는 일은
아무나 할 수 있는 일이 아니다

여기저기 널린 게 사랑이라지만
그 사랑 아무나 줄 수 있을까
알아주는 사람 하나 없을지라도
꽃잎보다 여린 영혼들에게
마음 다해서 아낌없이 주는 일
스승이 아니면 누가 하리오

누구는, 하다하다 할 짓 없으면
선생 노릇 한다고들 말을 하지만
아이들 걱정에 까맣게 타는 속
숯 되거나 썩어서 문드러져도
주어서 기쁜 사랑 후회 없기에
스승의 날 꽃 한 송이 영광이어라

노안老眼

언제부터인지 나도 몰래
눈이 조금 조금씩 흐릿해지더니
이젠 안경을 쓰지 않고서는
저만치 앞에 오는 친구도
잘 몰라볼 지경까지 이르렀다

밝다는 것과 어둡다는 것
좋다는 것과 나쁘다는 것
길다는 것과 짧다는 것
크다는 것과 작다는 것
빠르다는 것과 느리다는 것
높다는 것과 낮다는 것
생각하면 모두 다 거기서 거기

눈이 좋거나, 안경을 써서

사물이 밝게 보이면 나쁠 거야 없겠지만

시비是非에 밝은 눈 천개보다도

불이不二의 지혜로운 눈

한 개라도 갖고 싶은 생각 이르다 보니

흐려짐의 철리哲理 깨닫게 하는

자연스런 노안이 싫지만은 않다

욕망이라는 이름의 전차

뉴스를 보았더니 썩지를 않는단다
언제부터인지 낙엽들이 썩지를 않고
그냥 수북수북 쌓이기만 한단다

영생永生을 꿈꾸는 비정한 인간들이
무참히도 끊어 놓은 환원還元의 혈맥 앞에서
길을 잃고 구천을 떠돌고 있을 것만 같은
저 말 못하는 생명들의
비명과 통곡 소리

피 흘리며 쓰러진 채
잠들지 못하는 생명들을 위로하는 양
깊어 가는 가을밤
죽음의 비 주룩주룩
하늘의 저주처럼 내리는데

멈춤을 모르는

욕망이라는 이름의 광란 전차는

불사不死의 깃발 높이 매단 채

퇴로 없는 벼랑 끝 향해

정녕 이대로 달려야만 하는가

점수 인생

서글프다
오십 줄 바라보는 내 인생
대단할 줄 알았더니만
결국은 그렇고 그런 점수 인생

성공이라는 이름의 자리 하나 차지하기 위해
무한 경쟁 틈바구니에서 일점을 다투고
아니 소수점 이하 둘째, 셋째 자리까지
핏발 세우고 살아야 하는
내 인생 점수 인생

이 계산 저 계산하느라
발 한번 쭈욱 뻗고 잠든 때가 언제였던가
마음 한번 훌훌 비우고
허허 웃어 볼 날 언제란 말인가

한때뿐인 이 젊음

이토록 헛살고 또 헛살아

사람다운 것 다 잃어버리고 나면

아름다운 것 다 놓쳐버리고 나면

앞대일 그 무슨 보람의 언덕 하나 있을 것인가

내 생의 마지막 사흘

해지는 변산 적벽강에서
살아온 날들의 기억 하나하나 지워 가며
저 혼자서 썰물 지는
파도만 파도만 바라보면서
하루

오대산 상원사上院寺 무념의 돌계단에 앉아
염불처럼 들려오는 풍경 소리
귀를 쫑긋 세운 채 두리번거리는
다람쥐와 눈이나 맞추면서
또 하루

서산 마애삼존불 미소 아래서

엄마 품에 잠들 듯 팔 베고 누워

천년의 바람 속 훠어이 훠워이

풍장風葬의 꿈이나 꾸면서

남은 내 생의 마지막 하루

나에게로 가는 길

하늘만큼
멀어도
가야만 하는 길

가도 가도
서툰 길
나에게로 가는 길

한 생각 매이면
천 길 수렁 길
한 생각 놓으면 만 리 비단길

내가
나의 등불 되어
혼자 가야 하는 길